Paloma

von

Paul Riedel

Paloma

Ein Psychodrama

von

Paul Riedel

www.paul-riedel.de

©Paul Riedel, München 2016

Printed in Germany

Erste Auflage 2016

Bibliografische Information der Deutschen Nationalbibliothek:
Die Deutsche Nationalbibliothek verzeichnet diese Publikation in der
Deutschen Nationalbibliografie; detaillierte bibliografische Daten sind im
Internet über dnb.dnb.de abrufbar.

© 2016 Paul Riedel

Umschlag: © Paul Riedel, München 2016
Lektorat: Michael von Sehlen

Herstellung und Verlag
BoD – Books on Demand, Norderstedt

ISBN: 978-3-7534-0508-7

Paul Riedel

Geboren am 27. Mai 1960 in der brasilianischen Stadt Sao Paulo als Paulo Sergio Riedel, nutzt er als Künstlernamen den Namen seines Urgroßvaters.

Er beendete 2010 eine erfolgreiche Karriere in der IT- und Datenbanken-Branche und widmet sich seitdem seiner darstellenden Kunst und Literatur.

Zwischen 2007 und 2011 absolvierte er eine Ausbildung als Psychotherapeut nach dem Heilpraktikergesetz, was seine Kenntnisse von der menschlichen Psyche vertieft hat.

Seine Muttersprache Portugiesisch prägt seine Romane durch ihren reichen Wortschatz, genau wie sein Interesse für die Antike mit ihrem Reichtum an literarischen Formen seinen Stil beeinflusst.

Vorwort

Was die Augen nicht sehen, kann das Herz nicht fühlen. Dieser Aphorismus ist uns allen bekannt. In diversen Quellen finden wir in verschiedenen Kulturen, wie bei den antiken Griechen, Römern und Arabern, Referenzen zu diesen oder ähnlichen Sprüchen. Doch obwohl wir einiges mit unseren Augen sehen, weigern wir uns, ihnen zu glauben, sogar dann, wenn uns die Logik keine andere Wahl lässt. Wenn das, was wir an einer Person oder Situation erkennen, unsere Vorstellungen an oder gar über ihre Grenzen führt, schließen sich unsere Augen, um eine Meinung, der wir nicht zustimmen, nicht wahrhaben zu wollen.

Wir verlangen nach optischer Schönheit und unsere Anforderungen steigen mit der uns vorgesetzten Mode und Werbung, die uns in allen Medien präsentiert, vorgesetzt werden.

Da stellt sich die Frage, ob wir selbst diese Vorstellungen in unserer Natur haben oder ob die Medien uns manipulieren, damit wir besser den Anforderungen der Konzerne entsprechen.

Jeder für sich hat seine innere Lebenswelt, in die sich seine Fantasien einfügen. Darin behalten wir Religion, Glauben und unsere Interpretation der Realität.

In schwierigeren Lebenssituationen geben wir Teile dieser Anforderungen ab, weil unsere Gefühle es so verlangen.

Aber was wir dann alles dabei übersehen, übertrifft zuweilen jegliche Vorstellung.

Agneta

Die Wände waren hellgrün, kahle, glatte und glänzende hellgrüne Wände. Sie waren höher als drei Meter und wirkten weit höher, als sie wirklich waren. Ein roter Streifen, zwanzig Zentimeter von der Decke entfernt, sollte ein Randdekor darstellen, aber es war nur schwer vorstellbar, dass jemand Gefallen an diesen grotesken Kontrasten haben konnte. Kein Dekor auf diesen Wänden, bis auf den Schatten eines vor langer Zeit abgehängten Kruzifixes über dem einzigen Bett im Raum. Trotz der laufenden Heizung reichte die Wärme nicht aus, um sich dort wohler zu fühlen. Ein ausgeschalteter Flachbildschirm sammelte etwas Staub auf seiner Rückseite. Diese Wände gehörten zu einem alten Krankenhaus, das vor langer Zeit einmal ein edles Etablissement gewesen war.

Das Zimmer roch nach kaltem Schweiß und Reinigungsmittel. Eine feine Nase würde noch etwas von der frisch aufgetragenen Desinfektionsflüssigkeit wahrnehmen.

In diesem Raum lag eine stark abgemagerte Frau seit acht Jahren allein auf einem alten Krankenbett. Der metallene Rahmen des Bettes wurde lange nicht gestrichen und die Laken waren frisch bezogen. Geräte um sie herum gaben zu verstehen, dass sie sich vor einer Schwelle befand, von der es keine Rückkehr mehr gab.

Agneta Behrens hatte, bevor sie dieses Krankenhaus betrat, als Anwältin in München-Bogenhausen Karriere gemacht. Ihr verstorbener Mann, so erzählte man in seinem Freundeskreis, hatte Agneta nur aufgrund der unerwarteten Schwangerschaft geheiratet. Böse Zungen behaupteten, dass Agneta trotz ihrer Frigidität mit jedem einflussreichen Mann aus der Schickeria ins Bett gestiegen und versucht hatte, von ihm schwanger zu werden. Doch diese Gerüchte kamen meistens von Nebenbuhlerinnen, daher konnte man am Wahrheitsgehalt dieser Behauptungen Zweifel hegen. Liebe war zwischen Agneta und ihrem Mann kein Thema.

Agneta hatte viele Liebhaber im Leben gehabt. Das war allgemein bei Freunden und Feinden bekannt und ihrem Mann schien das Arrangement so besser zu gefallen, als wenn Agneta ihn körperlich zu sehr beansprucht hätte.

Eine Liebhaberin hatte er angeblich nicht gehabt. Viele seiner Bekannten meinten aber, dass er eine intime Freundschaft mit einem altem Freund pflegte. Ihre Bisexualität hielten beide Männer zwar geheim, aber viele wussten darüber Bescheid. Die Beziehung zwischen Agneta und ihrem Mann glich mehr einer Interessengemeinschaft, da Agneta durch ihn Zugriff auf eine gute Klientel und er durch sie eine meistens kostenfreie anwaltliche Unterstützung hatte.

Agneta hatte es am Anfang ihrer Karriere nicht leicht. Männer genossen damals als Anwälte mehr Akzeptanz. Doch sie hatte einen großen Fall gehabt, der sie zu einer begehrten Anwältin in München kürte. Die Besonderheit dieses Falls, in dem Agneta als Verteidigerin auftrat, war die Tatsache, dass die Klientin eine Apothekerin war, die beschuldigt wurde, einen Mord begangen zu haben. Ein fast klassischer Fall, in dem eine Frau als Giftmischerin beschuldigt wurde. Bei so vielen Klischees und falschen Annahmen hatte der Staatsanwalt seine Vorbereitung eventuell nicht sorgfältig genug gestaltet.

Agneta erkannte die Chance für gute Presse und so machte sie aus einem leicht lösbaren Fall einen langen Marathon der Gerechtigkeit, in dem sie als Verteidigerin des Frauenrechts die Hauptrolle spielte.

An der Wand ihres Büros hatte sie noch die Todesanzeige der Opfer neben Agnetas Zeitungsinterview eingerahmt. Ein nach Agnetas Ansicht nicht vorteilhaft aussehender Mann, der auf dieser Todesanzeige zu sehen war, besaß ein Weingut in Italien und verkaufte Wein in der Münchener Schickeria, wo Agneta sehr bekannt war. Laut Anklage war das Opfer angeblich mit Strychnin getötet worden, aber sie rechneten nicht mit einer jungen, auf Karriere bedachten Anwältin, die alles sehr gründlich untersuchte und viel überzeugender auftreten konnte als der damalige Staatsanwalt.

Agneta lernte in ihren Recherchen, dass Strychnin seit Anfang des zwanzigsten Jahrhunderts auch vielen Heroinmischungen beigegeben wurde, und so kam ihr eine Idee für ihre Verteidigung. Strychnin wurde auch als eine Art Ecstasy benutzt und verursachte Erregung und Euphorie, begleitet von einer besonderen optischen Wahrnehmung von Farben. Dies war auch zur damaligen Zeit in dem Milieu bekannt und ein Dealer der Neureichen unterstützte Agneta bei der Verwendung der Fachbegriffe. So stellte Agneta die Theorie auf, dass das Opfer an einer selbst verabreichten Überdosis starb. Gerecht oder nicht, das war nicht wichtig. Agneta behauptete deshalb immer, das Gesetz verlange, das Recht zu vertreten, aber nicht die Gerechtigkeit. Das Opfer hatte nachweislich auch Drogenkontakt gehabt. Zeugen waren schwer zu benennen, wegen eventueller Befangenheit, aber Agneta brachte geschickt einige

Personen dazu, die passenden Aussagen zu machen. Sie achtete besonders auf die Anwesenheit von Reportern, die sie von den Gerichtsterminen her kannte. Nach jedem solcher Termine bat sie geschickt um eine Vertagung, damit sie noch mehr Popularität erlangte. Einige Kollegen nahmen ihr das übel, aber ließen sich auch ein wenig von ihrem Charme betören.

Ob die Mandantin des Verbrechens schuldig war oder nicht, konnte keiner mehr beweisen, und Strychnin ist ein rezeptpflichtiges Mittel, das, wie Agneta in einem letzten Termin nachweisen konnte, weder aus der Apotheke ihrer Klientin gestohlen noch anderweitig eingesetzt worden war.

Seitdem war Agneta als Anwältin begehrt gewesen. Sie führte mit starker Hand ihre Kanzlei und abgesehen von ihrem Schicksalstag war sie jeden Tag bei der Arbeit.

Leider war dieser Erfolg in Vergessenheit geraten und in ihrem jetzigen Zustand hatte Agneta nichts mehr davon.

Jetzt lag sie schon seit acht von ihren zweiundsechzig Jahren auf dem einzigen Bett im Raum. Ihr Körper war ausgetrocknet, als wäre die frühere Schönheit aus Bogenhausen zu einer, sagen wir noch lebenden Mumie geworden. Ihr vormals glänzendes blondes Haar war an den Schläfen kurz geschnitten, weil die Krankenschwestern woanders kaum noch eine sichtbare Vene finden konnten. Sie war hier in der Folge eines missglückten Selbstmordversuchs gelandet, bei dem sie das Bewusstsein verloren hatte.

Durch das Zimmerfenster hätte Agneta aus ihrer Perspektive nur Regen vom Himmel fallen sehen können, falls sie ihre Augen hätte öffnen können. Doch die geschlossenen Augenlider Agnetas waren, ausgenommen bei Untersuchungen, immer geschlossen, es drang kein Licht in ihre Augen.

Hannah

Der Flur der Station war stets ruhig. Im Vergleich zu Krankenhausserien im Fernsehen, wo auf jedem Flur und in jedem Empfangsraum eine Faschingsparade von bunt angezogenen und herumschwirrenden Krankenschwestern abgehalten wird, war es in dem Krankenhaus der Heiligen Rita immer ruhig und bis auf einen Besucher oder einen Konvaleszenten war nur manchmal eine in Weiß und Himmelblau angezogene Krankenschwester zu sehen. Kein Autolärm, keine Gespräche mit leisen Stimmen und auch keine fahrenden Krankenbetten. Eine Enttäuschung für Adrenalinsüchtige.

Die Oberkrankenschwester kam den leeren Flur entlang und in das Zimmer von Agneta herein und überprüfte, ob alle Geräte wie Uhrwerke liefen und alles in absoluter Ordnung war.

Sie hieß Hannah und besaß ein ziemlich maskulines Äußeres. Seit sie realisiert hatte, dass die Natur stärker war als ihre Bemühungen, ihrem erstrebten Aussehen zu genügen, fühlte sie sich keinem Schönheitsideal mehr verpflichtet. Ihren Nachnamen wusste kaum einer der Patienten oder ihrer Arbeitskolleginnen. Sie pflegte gerne einen etwas freundlicheren Ton, was ihr die Seelsorgearbeiten erleichterte. Trotzdem war allgemein bekannt, dass man ihre Anweisungen nicht ignorieren durfte. Haarige, breite Arme endeten in kräftigen, ebenso behaarten Händen, die eisernen Fäusten ähnelten. Auch ihre Baritonstimme und der entschlossene Gang halfen kaum, die verbliebene Weiblichkeit hervorzuheben. Sie roch immer nach ihrer Rosen-Zimt-Badeseife. Mehr Parfüm war im Krankenhaus nicht erlaubt und es war nicht ihr Stil. Mit strafferen Stützstrümpfen in Hautfarbe, die meist nicht ihrem Hautton entsprachen, vervollständigte sie ihre Version von Florence Nightingale. Ihre graumelierten Haare waren unter einem Haarnetz eingeschlossen und ein weißes Häubchen der Uniform lag perfekt, auch wenn aus der Mode, mit einer Haarklammer befestigt auf dem Kopf.

Hannah hatte die Versuche, eine Beziehung zu finden, seit dem Ende ihrer Lehre aufgegeben. Sie entschied sich für eine erfüllte Karriere, was sie glücklich machte. Das einzige männliche Wesen in ihrem Leben war ihr bereits dritter Kater namens Anatole. Die beiden Vorgänger waren in Erinnerungsfotos im Flur ihrer Wohnung verewigt.

Hannah konnte Agneta leicht mit einer Hand anheben, um die Details unter ihr zu überprüfen. Sie prüfte pedantisch, ob kein Staub mehr im Raum zu sehen war. Der an einem Metallarm angeschlossene Fernsehmonitor lag etwas zu hoch für sie, darum bat sie einmal im Monat den Hausmeister, sich darum zu bemühen.

Wieder war ein Zettel auf Hannahs Monitor angeklebt, womit der Oberarzt sie darum bat, mit Agnetas Tochter zu sprechen, damit die Geräte ihrer Mutter endlich ausgeschaltet werden könnten.

Hannah war überzeugt, dass Agneta nicht einmal merken würde, ob ihre Geräte an oder aus sind, und sie versuchte immer alles aus einer pragmatischen Sicht zu sehen.

Hannah überlegte sich, wie sie dieses Thema am besten wieder erneut angehen sollte, und es war ihre Arbeit, sie musste das professionell angehen und sich auf keinen Fall von ihren Gefühlen stören lassen. Nach so vielen Jahren entwickelt sich auch ein gewisses Band zwischen Patienten und Pflegepersonal und folglich auch deren Verwandten.

Hannah versuchte sich an solchen Tagen immer vorzustellen, die Welt wäre eine rosa Wolke. Sie lächelte doppelt so oft wie sonst und war zu allen Menschen besonders herzlich, was leider einige Menschen scheinbar umso mehr nervte. So flüchtete sich das Personal der Abteilung meistens in angeblich wichtige Aufgaben im Keller oder sonst wo. Als um siebzehn Uhr dreißig alles fertig geprüft war, brachte sie ein Sträußlein aus kleinen Margeriten und weißen Nelken und platzierte ihn am Nebentisch. Das Krankenhaus war zwar sparsam, aber wichtige Patienten bekamen immer etwas mehr Aufmerksamkeit, als zu erwarten war. Es war ein besonderer Tag und sie wollte nicht wegen eines übersehenen Details einen Misserfolg ernten.

Hannah bereitete alles wie jeden Tag vor und sie überlegte, dass sie in drei Tagen in Urlaub gehen würde. Sie musste sich heute mit dem unangenehmen Teil ihrer Arbeit beschäftigen. Sie bereitete auch eines der kleinen Beratungszimmer vor. Taschentücher, Wasser und ein Saft standen dort. Sie fühlte sich leicht unter Stress, aber sie hatte außer ihrer Arbeit nur wenige Höhepunkte in ihrem Leben. Es würde ihr der tägliche Besuch von Agnetas Tochter fehlen, wenn ihre Mutter aus dem Leben schiede.

Hannah überprüfte alle andere Patienten der Station. Alle waren sie im Koma oder machten eine Schlaftherapie. Die Abteilung wurde in manchen Kreisen Gemüseabteilung genannt. Es klang herzlos, aber wenn man den Tod täglich vor Augen hat, bleibt nur der Humor als Rettung, damit man nicht mit in diesen Strudel hineingezogen wird.

Fast wie eine Schweizer Uhr trat nach dem Glockenklang des Aufzugs eine hübsche Frau in den Empfangsraum.

Paloma

Paloma, Agnetas Tochter, war an diesem Tag beinah fünfunddreißig Jahre alt, aber sie sah wie kaum siebzehn aus. Klein, zierlich und extrem gut gekleidet, fast wie eine Modepuppe. Sie trug einen hellgrauen Mantel aus satiniertem Stoff. Farblich passend trug sie einen Schirm in dunklem Platin, der noch vom Regen nass war und etwas tropfte. Passend dazu hing eine silberblaue Designertasche an ihrer linken Schulter. Sie stellte den Schirm mit einer zarten Bewegung in den Schirmständer neben der Aufzugstür und ging zum Krankenschwesterschalter. Ihr Gang sah aus wie eine eingeübte Choreografie. Sie hielt fast eine Sekunde an und atmet leicht aus und setzte dann den rechten Fuß graziös vor. Hannah sah ihr mit gewissem Neid zu. Paloma nahm die Mütze ab und ließ ihre wunderbaren dunkelblonden Haare, die sie von ihrem Vater geerbt hatte, sehen. Ihre Augen waren braun und glänzten etwas zu viel, was manche Krankenschwester etwas verunsicherte. Glänzende Augen konnten Tränen bedeuten oder auch zu wenig Blinzeln. Keiner sprach je darüber, aber es fiel auf.

Palomas glänzende Schuhe waren für den Straßenspaziergang ausgesucht und passend zum Regen waren sie oben geschlossen.

Viele der Krankenschwestern schauten genauestens zu ihr hin und hofften – meistens vergebens – etwas über Mode lernen zu können.

Paloma führte jetzt die Kanzlei ihrer Mutter und angeblich war sie als Anwältin sogar besser als sie. Ihr Auftritt war unübersehbar und ihre Kenntnisse der Geschichte und Philosophie machten aus ihr eine perfekte Rednerin.

Sie war bereits während der Uni als Assistentin in der Kanzlei tätig gewesen. Nach ihrem Abschluss tat sie alles Mögliche, um ihre Mutter bei laufenden Fällen zu unterstützen, und sie war sicher, es gut zu tun. Nach der Übernahme der Kanzlei hatte sie die Ablagen modernisiert und alle alten Fälle digitalisierte.

Agneta wäre niemals imstande gewesen, diese Arbeiten zu verstehen, da sie sich ungern mit Computern auseinandergesetzt hatte.

Paloma verbrachte als Praktikantin einige Nächte mit dem Lesen der Prozessunterlagen ihrer Mutter und damit, die medizinischen Ausdrücke im Internet nachzuschlagen. Erstaunlich war für sie, dass manche Begriffe gar nicht im Internet auffindbar waren.

Am Anfang ihrer Karriere dachte Paloma, solche Fälle wären alle leicht im Internet zu finden, aber sie lernte, dass die meisten Informationen dort nicht zu finden waren. Ihrer Erfahrung nach waren die in Filmen gezeigten allwissenden Computerhacker nur ein urbanes Märchen, ohne jeglichen Bezug zur Realität. Die Mode der siebziger Jahre war für Paloma eine Herausforderung für ihren Geschmack. Sie mochte lieber klassische Kombinationen mit leichtem Stoff und weniger Farben. Paloma suchte in den alten Fällen die wichtigsten Arbeiten ihrer Mutter, um auch ihre Kenntnisse zu verbessern, was ihr half, auch alte Kunden wieder zu gewinnen und die Kanzlei zu expandieren.

In den letzten acht Jahren hatte sich Paloma zu einer selbständigen Frau gewandelt und alle Kunden ihrer Mutter übernommen. Einige, die sich für sie nicht von Anfang an entschieden hatten, als Agneta krank wurde, warteten immer noch auf einer langen Liste darauf, dass Paloma Zeit und Interesse für sie hatte.

Paloma war herzlicher, aber trotzdem sehr effektiv in ihrer Prozessführung und eine sehr gute Ermittlerin, wenn es der Fall erforderte. Anders als Agneta stellte Paloma eine Assistentin ein und mittlerweile auch einen Programmierer, der sich einmal pro Woche um ihren Internetauftritt und Soziale Medien kümmerte. Sie wusste, dass sie dadurch erfolgreicher war.

Paloma war stets freundlich, aber wenn etwas das Leben ihr Mutter zu gefährden drohte oder man ein Signal an einem der Geräte übersehen hatte, konnte sie förmlich in die Luft gehen. Es war kein schöner Anblick. Diese zarte Frau konnte sich in eine wahre Furie verwandeln.

Paloma konnte Staub nicht leiden und schaute immer penibel im Raum umher, aber auf die Arbeit von Hannah war Verlass. Paloma erlaubte nur Nelken und Margeriten als Dekor, nur aus dem Grund, weil sie diese Blumen an ihren verstorbenen Vater erinnerten.

Sie saß meistens eine Stunde neben ihrer Mutter und las aus ihrem Tagebuch. Paloma galt im ganzen Krankenhaus als große Spenderin und da sie die Kosten zum Teil privat bezahlte, wurden sie und ihre Forderungen doppelt respektiert.

Alle Krankenschwestern der Station kannten Paloma und bemühten sich, den besten Dienst zu leisten, weil sich Paloma zu Weihnachten oder Ostern nicht selten großzügig zeigte und Geschenke und Trinkgelder verteilte.

Nach so vielen Jahren entfielen die Formalitäten zwischen Paloma und Hannah und einigen anderen Schwestern. Sie waren fast wie eine eigene Gemeinschaft.

„Pünktlich wie immer", begrüßte Hannah sie.

Freundlich, so kann man Palomas Auftritt beschreiben, perfekt in allen Umgangsformen. Hannah war sonst eine andere Art von Besuchern gewöhnt. Einige heulten täglich, andere schlurften ihre Füße vom Aufzug bis zum Schalter wie gepeinigte Seelen, die gerade aus dem Styx heraufgestiegen waren, wieder andere waren neutral, aber keiner war perfekt.

„Geht es Gitty gut?" Paloma nannte ihre Mutter so. Agneta hatte sich immer geweigert, die Stellung einer Mutter einzunehmen. Sie meinte, diese Rolle sei nur für ältere oder weniger angesehene Frauen eine Ehre.

Einige dieser Geschichten waren Hannah im Lauf der Jahre zu Ohren gekommen. Ein Hinweis hier, ein anderer dort. Danach hatte sie sich jedoch nicht zu fragen erlaubt.

Hannah bewunderte immer Palomas Ausdauer, die Art, wie sich diese Frau so hingebungsvoll um ihre Mutter kümmerte. Dennoch war der Oberarzt regelmäßig da und mehrfach hatte er zur Sprache zu bringen versucht, dass es besser wäre, die Geräte endlich auszuschalten. Paloma widerstrebte diese Idee und sie machte klar, dass, falls sie beim Sterben ihrer Mutter nicht dabei wäre, sie jede nur mögliche Untersuchung der Todesumstände veranlassen würde. Die Ärzte kennen dieses Verhalten. Solche Drohungen beruhen auf Verlustängsten, die in einem solchen Fall normal sind.

Der Grund, warum Paloma die Maschine weiterhin nicht ausschalten ließ, so nahm Hannah an, lag darin, dass Paloma glaubte, ihre Mutter würde ihre Zuwendung spüren, wenn sie bei ihr war. Die Wahrheit jedoch war, dass Agneta nicht mehr da sein konnte.

„Paloma, ich liebe den Klang deines Namens." Als Einführung in solch ein ernstes Gespräch war das eventuell zu dick aufgetragen, aber Hannah könnte nie dick genug auftragen. Es war nicht ihre beste Eigenschaft, aber sie führte ihre Arbeit aus, wie ein Tänzer, der sich an eine vorgegebene Choreographie hielt.

„Könnten wir uns kurz unterhalten? Ich plane, in Urlaub zu gehen, und so muss ich einiges organisieren." Hannah presste dabei den Schwesternknopf, damit eine der, wie Hannah meinte, Kuchen fressenden, arbeitsmüden Kolleginnen erscheinen sollte. Doch das blieb noch ohne Wirkung.

Die zwei neuen Schwestern in der Station waren redselig und öfter in der Küche zu treffen, als es Hannah gefiel.

„Ist etwas nicht in Ordnung?“

„Nein.“ Hannah drückte nochmals den Schwesternknopf und ein Kopf erschien vor dem Schwesternraum und nickte zurück.

Einiges Gekicher war aus dem Schwesterraum zu hören, wo sie neben abgelegten Tellern und Tüchern bestimmt wieder Kuchenreste unter das Sofa schoben. Die Jüngste kam zum Schalter und nickte Hannah zu.

„Wir sollten uns über ein delikates Thema unterhalten.“ Sie legte eine bedeutungsvolle Pause ein, wie ihr im Seminar beigebracht worden war. Sie wusste, dass die kommende Schwierigkeit zu spüren war, und sie wollte dem Gesprächspartner Zeit geben, damit er sich schrittweise auf das eigentliche Thema einlassen konnte.

Beide Damen traten in das Beratungszimmer ein. Ein gedämpftes Licht sorgte für die passende Stimmung für intime Gespräche. Ordentliche Lagerunterlagen waren in eintönigen grauen Stehmappen abgelegt. Die Mappen waren penibel beschriftet und der Eindruck, in eine Symphonie der Büroorganisation einzutreten, schüchterte jeden ein, der hineinkam.

Hannah hatte dieses Gespräch mit Paloma zuvor bereits mehrfach geführt. Das war nun das vierte Mal, dass sie sich darüber unterhalten sollten.

„Hat Doktor Metzger wieder über die Abschaltung der Maschinen gesprochen?“ Hannah blickte erst zu den verschiedenen Accessoires auf dem Tisch und überlegte, was davon benötigt würde.

„Nimm bitte Platz." Hannah schien die Frage zunächst zu ignorieren.

Das Landschaftsaquarell über dem Beratungstisch sah etwas altmodisch aus und die Tatsache, dass das Aquarell nur ein billiger Computerdruck war, war nicht übersehbar. Offensichtlich war der Raum renoviert worden. Die geschmacklosen Farben der Wand, die man aus den Patientenzimmern kannte, waren hier nicht mehr zu sehen und auch die Möbel waren deutlich moderner.

„Deine Mutter hat kaum ein erwähnenswertes Lebenszeichen gezeigt und ihre aktuellen Untersuchungswerte sind jetzt schlechter geworden." Es folgte eine Pause, die weit über drei Sekunden dauerte. Das sind die Momente, über die man in einer Ausbildung lernt, erst die Reaktion abzuwarten, aber wenn sie ausbleibt, steht man ratlos da.

Hannah hatte plötzlich für einen Moment den Eindruck, als stände Paloma noch einmal vor dem Aufzug. Es war ein kleines Déjà-vu. Sie konnte sich das nicht erklären und nahm an, sie wäre wegen der Termine und dem bevorstehenden Urlaub etwas gestresst, weil jetzt alles ungünstig aufeinandertraf.

„Doktor Metzger meint, dass auch die Gehirnströme sinken, und wir verschieben nur das Unvermeidliche, wenn wir die Maschinen nicht abschalten." Wieder trat eine unangenehme Pause ein.

„Soll ich den Doktor holen? Er kann bestimmt besser die Diagno …" Paloma hob die Hand und unterbrach ihren Redeschwall. Hannah fühlte sich mit dieser Aufgabe etwas überfordert. Sie tat alles Mögliche, um das in den Griff zu bekommen, aber Anatole sollte noch zum Hotel gebracht werden und die Gedanken an einige anderen Pflichten schwirrten ihr im Kopf herum. Paloma schien überzeugt zu sein, dass die Zeit für eine Entscheidung gekommen war.

„Wann gehst du in Urlaub?"

Hannah war unsicher, was diese plötzliche Professionalität bedeuten sollte. Darum stammelte sie etwas unsicher:

„In drei Tagen, aber ..."

„Gut. Ich kann es so einrichten, dass wir dann in zwei Tagen die Abschaltung vornehmen. Ich kämpfe seit zwei Monaten mit dieser Entscheidung. Seit Doktor Metzger mich darum bat, der Abschaltung zuzustimmen. Danke, Hannah, ich kann deine Rücksicht verstehen und ich habe die Entscheidung zu lange hinausgezögert. Schaffen wir es in zwei Tagen? Wer weiß, sie kann immer noch weiterleben, keiner weiß, was passieren wird." Es klang leicht verzweifelt und Hannah merkte, dass alle Empfehlungen aus Seminaren sich in der Praxis kaum anwenden lassen.

„Ich werde die entsprechenden Vorbereitungen arrangieren. Soll ich sonst jemanden zum Termin einladen?"

„Mein Vater ist tot und Geschwister habe ich keine. Den Rest der Familie kenne ich kaum. Machen wir es alles im kleinen Kreis." Paloma lächelte, doch es war keine Wärme in ihrem Lächeln zu spüren. Hannah fühlte so etwas wie Unbehagen. Die Tatsache, dass Agneta keinen Freund hatte, musste nicht ausgesprochen werden. Hannah hatte natürlich bemerkt, dass außer Paloma niemand

Agneta besucht hatte. Das war auch Thema in der Klatsch-stunde im Schwesternzimmer.

Es wurde Hannah klar, dass Paloma ihre Rolle besser spielte, als sie es selbst hätte tun können. Sie war verblüfft von ihrer Reaktion und es kam ihr so vor, als hätte Paloma einige Male diesen Dialog geübt. Hannah blieb nur übrig, zu nicken und etwas zu lächeln.

Hannah war eher ein spontaner Mensch und sie machte sich öfter Vorwürfe, dass sie ihr Verhalten zu wenig reflektierte, und nicht selten bereute sie es, den Mund in manchen Momenten aufgemacht zu haben. Sie sah das fast einstudierte Benehmen Palomas als erstrebenswert an, aber sie wusste auch, dass sie diese Professionalität niemals erreichen würde.

„Ich gehe jetzt noch zu meiner Mutter. Ich muss noch einige Wörter zum Abschied finden."

Für eine so junge Frau wirkte sie schon so entschlossen, dass man fast erschrak. Paloma verließ den Beratungsraum und ließ eine ratlose Hannah hinter sich. Hannah legte die unbenutzte Taschentuchbox in die Schublade. Sie blickte sich im Raum um und dachte daran, wie gut sie ihren Job gemacht hatte.

Paloma öffnete die Beratungszimmertür und bedankte sich für das Gespräch. Sie ging den Flur entlang. Ihre Schritte waren sanft und elegant, vor allem, als wäre dieser Gang das Natürlichste, wie eine Frau sich bewegen könnte. Kein Model könnte dies überbieten, da waren sich alle einig. Die Tür schloss sich sanft hinter ihr und die Krankenschwestern sammelten sich kurz, um zu tratschen. Das Thema war klar, wie soll jemand sich mit Paloma messen können? Sie war so wunderbar.

An diesem Tag fiel Hannah etwas auf, als sie hinter Paloma aus dem Zimmer hinaustrat. Trotz aller Freundlichkeiten und Hingabe bemerkte sie zum ersten Mal einen leichten Zwang an ihrer Perfektion. Hannah verglich sich kurz mit Paloma und gab auf. Paloma war nun einmal perfekt. Aber sogar in den heißesten Sommern war Paloma immer gut gekleidet, aber niemals trug sie einen Rock oder eine offene Bluse. Hannah dachte dabei, dass sie sich von diesem Stil etwas abgucken sollte.

Hannah kam wieder zum Empfangsschalter und ihre Mitarbeiterin war bereits verschwunden. Aus zwei Zimmern riefen Patienten bereits über den Schwesternknopf an, was Hannah etwas die gute Laune vermieste.

Hannah meldete sich bei Doktor Metzger per Telefon und berichtete über Palomas Entscheidung. Sie vereinbarte einen Termin und informierte vorsorglich den Krankenhauspfarrer. Agneta war als konfessionslos eingetragen, aber manche Personen entscheiden sich in der letzten Minute, doch einen Pfarrer zu rufen. Sie erwartete nicht, dass Paloma dies tun würde, aber sie wollte auf alle Fälle vorbereitet sein.

Lange überlegte Hannah, wo sie diesmal in ihrem Vortrag besser gewesen war. Als ihr einfiel, dass sie kaum den Mund aufgemacht und Paloma alles allein geregelt hatte, entschied sie sich, sich lieber um die verschwundenen Mitarbeiterinnen zu kümmern.

Der Zauberspiegel

Als die Tür zu Agnetas Zimmer sich hinter Paloma schloss, schaute sie zu ihrer Mutter und knöpfte ihren Mantel auf. Sie trug immer ein geschlossenes Seidenhemd. An diesem Tag war es eine seidene Bluse mit pastellfarbenem Orchideenmuster. Eine Herbsthose in Graffiti-Blau mit nostalgischem Pied-de-Poule-Muster ergänzte ihr perfektes Aussehen.

„Wie schön, dich wieder zu sehen."

Agnetas Augen flackerten leicht unter den geschlossenen Augenlidern. Das hatte in ihrem Zustand jedoch keine Bedeutung. Sie konnte weder die Augenlider noch irgendetwas sonst bewegen.

Als sie die Begrüßung ihrer Tochter hörte, klang es wie in einem Traum. Sie war selten wach und wenn sie es für einen Bruchteil einer Sekunde doch war, wusste sie nicht, ob sie träumte. Diesmal jedoch war die Stimme ihrer Tochter zu hören, als würde sie ein Stechen in ihrem Herzen spüren. Aber ihr tauber Körper war nicht einmal in der Lage, ein solches Stechen zu spüren, sogar wenn die Decke auf sie stürzen würde. Obwohl sie dies seit über acht Jahren mitmachte, war sie sich bewusst, dass ihre Tochter sie keinen einzigen Tag vergessen hatte.

„Gitty." Paloma küsste ihre Mutter auf die Stirn. Sie wusste, dass die Krankenschwester später die Lippenstiftflecke von der Stirn abwaschen würde. Sie nahm auf dem Stuhl neben dem Bett Platz und machte ihre Tasche auf. Sie holte ein kleines Büchlein heraus. Es war ein Mädchenbuch in Rosa mit Blumenaufklebern und einem Herzschloss. Das war Mode Anfang oder Mitte der siebziger Jahre. Es war gut erhalten und sie schlug es mit ihrer kleinen Hand auf. Sie legte ihre Tasche neben sich auf dem Boden. Man konnte dies bei dem Preis der Tasche fast als Sakrileg auffassen.

„Nun, kommen wir zu unserem letzten gemeinsamen Moment." Agneta hörte das, aber nur so als Teil eines Traums, den sie bestimmt bald vergessen würde, sollte sie je aufwachen.

Agneta kannte die Gespräche mit Paloma bereits und sie bereute, diese jetzt zu hören, aber sie war nicht mehr in der Lage, zu ändern, was vergangen war, oder gar die Zukunft zu steuern. Das Einzige, was sie tun konnte, war ein oder zwei Tränen vergießen und auf den nächsten Besuch warten. Doch diese Tränen waren nur im Geist zu spüren, weil ihr Körper keine Reaktion zeigt.

Agneta erinnerte sich in einem Anflug von Bewusstsein kurz an Palomas Kindheit. Sie war bereits drei Wochen nach der Geburt wieder zur Arbeit gegangen. Ja, sie war keine Mustermutter gewesen.

Paloma war sich trotz ihrer Professionalität immer unsicher, was ihr Aussehen anbelangte. Sie meinte, wegen der Narben auf ihrem Körper unansehnlich zu sein. Doch diese Narben konnte keiner sehen, sogar wenn sie einen Bikini tragen würde. Sie war immer noch Jungfrau, weder Mann noch Frau durften sie je unbekleidet sehen. Für niemand wollte sie je ihre wahren Gefühle oder ihren Körper zeigen.

Paloma besuchte einmal im Jahr einen Hautarzt und er versicherte ihr jedes Mal, dass sie eine perfekte Haut habe. Sie hörte öfter, dass die Narben nicht sichtbar seien, aber sie war eine Perfektionistin und hielt es für besser, jeglichen Makel zu verdecken.

Ihre Ärztin hatte einmal über eine eventuell vorhandene körperdysmorphe Störung gesprochen und Paloma gebeten, sich mit einem Psychologen zu beraten. Doch Paloma, die sich bereits körperlich entstellt sah, wollte sich nicht noch zusätzlich von einem Psychologen geistig entblößen lassen, so gab sie das Thema bei ihrer Ärztin auf. Auf entsprechende Fragen antwortete sie, dass die Flecken, die sie meinte, auf der Sonnenbank weggegangen seien.

Ihre Ärztin nahm das zur Kenntnis und legte das Thema zu den Akten.

Paloma versuchte die ersten Erinnerungen wachzurufen, die sie an ihre Mutter hatte. Viele ihrer Freundinnen erzählten davon, wie sie in den Armen ihrer Mütter getragen wurden, teilweise erzählten sie über das erste Kleid, das ihnen von ihren Müttern angezogen wurde, oder wie ihre Haare gekämmt wurden. Paloma kannte das nur vom Hörensagen. Sie fühlte sich schuldig, weil das Erste, an das sie sich erinnerte, die Prügel von ihrer Mutter mit einem Ledergürtel waren, als sie ungefähr vier Jahre alt war.

Paloma hatte nie viele Freundinnen. Lediglich die Töchter von Freundinnen ihrer Mutter kamen mal zu Besuch und sie musste eine gute Gastgeberin vorspielen.

Sie wurde sehr streng erzogen und ihre Mutter hatte kaum Zeit für sie und entsprechend musste sie bei den kurzen Begegnungen schnell verstehen, was und wie ihre Mutter alles erledigt haben wollte.

Wenn man sie fragte, erzählte Paloma, wie schön ihre Kindheit gewesen war. Ihre Erzählungen waren keine Lügen, sondern, wie sie sagte, schönere Versionen ihrer Kindheit, passend, um sie bei gesellschaftlichen Ereignissen zum Besten zu geben. An einem unglücklichen Tag in ihrer Kindheit fand sie einen Autoschlüssel, sehr schön und glänzend. Es war nur ein Tag wie jeder andere und sie war sich nicht bewusst, dass man einen Schlüssel brauchte, um ein Auto zu fahren. So war ihre Mutter wieder in Rage, weil sie zum Gericht fahren musste und die Schlüssel nicht zu finden waren. Agneta schrie und warf wie immer alles um sich. Bei solchen Ausbrüchen gingen Porzellan, Kristall und nicht selten unbeliebtes Dekor zu Bruch. Endlich fand sie den Schlüssel als Dekor auf einem Schloss, das Paloma aus Holzwürfeln gebastelt hatte.

Paloma wurde etwas unsanft behandelt, aber das interpretierte sie so, dass diese Behandlung ihr geholfen habe, um zu verstehen, sich von fremdem Eigentum fernzuhalten. Ihre erste Narbe pflanzte sich auf ihrem Hals bis kurz vor die linke Brust fort. Agneta machte sich danach Vorwürfe und bekam Krämpfe vor lauter Weinen, aber das ging vorbei. Doch Paloma erlebte von da an, dass sich für jedes Missgeschick, das ihr im Leben widerfuhr, eine Narbe bildete.

Zu dieser Zeit waren Jugendschutz und Erziehung Themen, die man selbst regelte. Wie die Familie dies damals tat, wusste Paloma nicht, und keiner machte es zum Thema am Kaffeetisch. So wuchs Paloma zwischen zwei Welten auf: eine, die sie mit allen teilte, und eine, wo nur sie die Wahrheit sehen konnte.

Paloma erinnerte sich ungern an diesen Vorfall, aber an manchen Tagen schossen diese Erinnerungen ihr durch den Kopf und sie konnte das kaum kontrollieren. Solche Erinnerungen hausten dann für zwei oder drei Stunden in ihrem Kopf. Nicht selten plagten sie paranoische Gedanken dabei, aber sie lernte, sie mit anderen Gedanken zu verdrängen.

Seit dem besagten Vorfall ertrug Paloma hin und wieder die Ausbrüche von Agneta, die ihr einmal unter Alkoholeinfluss sagte, dass ihre Kiefer zu breit seien, und sie auslachte. Agneta sagte, wenn sie etwas mies gelaunt war, dass sie sich kaum vorstellen könne, dass Paloma ihre Tochter sei.

Agneta entwickelte sich für Paloma zu einem Zerrspiegel der Realität, und die Tochter weinte häufig innerlich, weil ihr nicht erlaubt war, Tränen zu vergießen.

Verglichen mit dem aktuellen Zustand Agnetas war Paloma damals im Koma, während Agneta wohlauf war. Mit dem Unterschied, dass Paloma aufwachte, als Agneta ins Koma fiel.

Trotzdem hielt Paloma bei jedem Besuchstermin die Hand ihrer Mutter fest und blieb bei ihr im Krankenhaus, als wäre das Leben ihrer Mutter von ihrer Anwesenheit abhängig.

„Gitty, was ist aus dir geworden?“ Der Kosename Gitty gefiel Agneta nur im privaten Bereich. So nannten sie Freunde und Verwandte, nicht aber Klienten. Agneta pflegte eine saubere Distanz zu ihren Klienten, weil es nicht selten zu Auseinandersetzungen wegen des

Honorars kam, und darum wollte sie nie Freundschaft mit Geschäft verwechseln.

„Dieses Tagebuch hat hundert Seiten, Gitty. Jede Seite erzählt von etwas, wofür ich dir danke." Ihre gleichmäßige Stimme war ohne jegliche Wärme. Es war wie ein Vakuum der Gefühle.

Das Tagebuch

Paloma sprach leise mit sich selbst und es war keine Verbitterung in ihrer Stimme zu hören. Es war, als hätte sie nur über den Inhalt des Büchleins berichtet, würde Hannah schwören können. Das Büchlein hatte Paloma geschenkt bekommen, als sie als Vierjährige vom Krankenhaus zurückkam.

Paloma blätterte wieder in ihrem Tagebuch und las darüber, wie ihr Vater starb, oder besser gesagt, wie sie den Tag in ihrem Tagebuch eingetragen hatte.

Ihr Vater war gerne auf Tour mit Freunden in Oberbayern gewesen. Es war auch allgemein bekannt, dass er niemals ein Tier getötet hatte oder es je jemandem erlauben würde, dies zu tun. Er war ein guter Fotograf und passionierter Radfahrer.

Eines Tages, Paloma war bereits sieben Jahren alt, kam er früher nach Hause als sonst. Paloma war etwas verärgert, weil an diesem Tag alles schiefging. Gitty machte ihr Vorwürfe, weil es jetzt noch mehr Zeitaufwand bedeutete, sie zur Schule zu bringen. Bis ein Kindermädchen gefunden wäre, musste Agneta sich selbst um die Mutteraufgaben kümmern, was ihr nicht besonders lag.

Es war Paloma peinlich, wieder der Grund für die Ausbrüche von Agneta zu sein, und gleichzeitig war sie etwas wütend, weil sie auch nichts dafür konnte. Da ihr Vater zu Hause war, wurde ihm die Aufgabe übertragen, Paloma zu fahren.

Paloma erinnerte sich, dass sie sich über dieses Problem bereits einige Male gestritten hatten. Jedes Mal, wenn die Emotionen hochkochten, verkroch sich Paloma in ihr Zimmer und putzte alles gründlich, bis der Streit zum Ende kam. Der Fernseher blieb in solchen Momenten ausgeschaltet, weil sich sonst Agneta über den Lärm beschwert hätte.

Palomas Vater war auch nicht gut aufgelegt und drohte Agneta zu verlassen. Er war ein großer Mann mit langen Haaren und stets gut gekleidet. Wenn er etwas sprechen wollte, wartete er, bis Agneta außer Atem war. Er erklärte, als Agneta keine Beleidigungen mehr einfielen, dass er in den kommenden Tagen zu seinem Freund zu ziehen beabsichtigte.

Paloma war eigentlich nie jung gewesen. Sie war sehr schnell erwachsen geworden und hatte schnell gelernt, die Welt ihrer Eltern zu verstehen. Sogar ohne jegliche sexuellen Ideen oder Erfahrung war es ihr klar, was dieser Umzug bedeutete.

Er bedeutete einen furchtbaren Skandal für Agneta. Sollte die Bisexualität ihres Mannes ganz zur Homosexualität umschlagen, konnte sich keiner vorstellen, was das für ihren Ruf bedeuten würde.

Paloma bekam dieses brisante Detail des Streits mit und beendete das Putzen in ihrem Zimmer, machte sich in der

Gesellschaft nützlich und goss ihrem Vater einen Tee ein. Während sie, ohne ein Wort zu sagen, mit dem warmen Tee ins Wohnzimmer kam, drehten sich ihre großen Augen zu beiden Eltern hin und sie beobachtete die Reaktionen. Ihr Vater trank gerne Kräutermischungen und der Küchenschrank war immer voll mit neuen Düften. African Queen, Happy Buddha oder Calypso waren einige der exotischen Namen. Paloma war, seit sie erwachsen war, ziemlich klar, dass ihr Vater einen viel zu guten Geschmack besaß, als dass er gerne mit ihrer Mutter leben würde.

Die Auseinandersetzung kulminierte in Würfen mit dem weißen Porzellan aus der Bayerischen Porzellanstraße, wo sie mit ihrem Vater zuletzt auf einer Fototour gewesen war, nämlich direkt aus dem Herzen der Straße in Selb.

Agneta kam wieder ins Wohnzimmer. Diesmal mit einem weißen Overall angezogen, wodurch man noch mehr von ihrem Busen sehen konnte. Der Reißverschluss nur drei Zentimeter über dem Bauchnabel sollte auf ihre Kampf-bereitschaft hindeuten. Agneta wurde immer wütender, wenn sie trotz ihrer Reize keine Eifersucht bei ihrem Mann erwecken konnte. Ihre Haare waren damals lang und glänzend. Sie trug sie offen, mit einer Designer-Sonnenbrille darauf, wie es zu der Zeit Mode war.

Paloma erinnerte sich nicht mehr an den Wortlaut der Beschimpfungen oder Beleidigungen, aber die unter-schwelligen Drohungen von Agneta waren klar. Sie würde niemals diese, wie sie es nannte, Schande erlauben.

Agneta verließ das Haus mit dem Fuß stampfend und ging unter Protestgeschrei, das man in der ganzen Nachbar-schaft hören konnte, zum Auto. Paloma schämte sich für diese Ausbrüche und nach jedem Ausbruch ging sie mindestens vier Wochen mit gesenktem Kopf durch die Straße, ohne die Nachbarn anzublicken. Dadurch war sie fast das ganze Jahr mit gesenktem Kopf unterwegs.

Paloma schloss die Tür hinter Agneta und hörte, wie die Autoreifen auf dem Asphalt quietschten. Eine Hupe vermeldete den Protest eines erschrockenen Fahrers, der offenbar beinahe von Agneta überrannt worden war.

Ihr Vater saß mit rotem Kopf im Wohnzimmer und atmete etwas schneller als sonst. Er schwitzte und als Paloma mit ihm sprechen wollte, hob er die Hand und bedeutete ihr zu schweigen. Es war nicht böse gemeint, er wollte sich lediglich wieder sammeln.

Paloma schaltete im Radio einen Jazz-Sender ein, der bereits voreingestellt war. Die Tasten des Apparats waren lauter als die Musik und das Einstellen erforderte etwas Kraft in den Fingern.

Plötzlich griff er sich an die Brust und hatte kaum die Zeit, den gehobenen Finger zu senken. Er sank in seinen Sessel und sein Kopf fiel mit starren, offenen Augen zur Seite.

Paloma blickte zu ihm und überlegte, was das zu bedeuten hatte. Das Hausmädchen war einen Tag zuvor im Haus gewesen und alles war blitzblank und fast zu perfekt als Bühne für diesen abrupten Abschied. Als sie die Lage realisierte, konnte sie ihre Blase nicht mehr kontrollieren und Nässe floss an ihren Beinen hinab bis auf den Boden.

Trauer und Angst mischten sich mit der Scham des Augenblicks und Paloma erstarrte wie eine Salzsäule.

Agneta war weggegangen und nach solchen Ausbrüchen würden sie kaum vor dem Abend wieder zu Hause sein. Gerüchten zu Folge war sie wieder bei einem neuen Liebhaber. Agneta war nie treu und hatte eine entsprechende Vereinbarung mit ihrem Mann.

Mit schweren Schritten bewegte sich Paloma auf ihren Vater zu. Paloma saß eine ganze Stunde neben ihrem toten Vater und einer leeren Tasse Tee im Wohnzimmer ihrer Maisonette. Das rustikale Dekor, typisch für eine neureiche Frau, mischte sich mit einigen Elementen der modernen Einrichtung. Kälte in einer Gefühlswelt kämpfte darum, die Dominanz im Haus zu übernehmen. Der Duft von Ananas- und Ingwerblüten verdeckte den Geruch ihrer nassen Kleider und dominierte den Raum.

Paloma war ratlos und konnte sich kaum bewegen, geschockt, dem Tod so nah zu gewesen zu sein. Sie atmete schnell und regelmäßig und versuchte ihre Angst zu bekämpfen. Sie rief dann den Notarzt, der bei seiner Ankunft nur noch den Tod feststellen konnte. Als die Rettungssanitäter das Haus mit der Leiche ihres Vaters verließen, blieb Paloma alleine zu Hause. Sie überzeugte die Ärzte, dass sie in der Lage war, sich selbst zu versorgen, bis ihre Mutter wieder nach Hause kommen würde.

Allein zu Hause, blieb sie einen Moment mitten im Wohnzimmer stehen. Sie zog sich ganz aus. Sie legte ihre Kleider auf einen Haufen, den sie zur Schmutzwäsche bringen wollte. Scheinbar hatten die Notärzte die Entgleisung ihrer Blase nicht mitbekommen. Sie ging zum Flur und stellte sich vor einen Spiegel am Eingang. Sie blickte ihr Spiegelbild an und sah dort, wie an ihrem entstellten Körper eine weitere Narbe am Unterarm aufklaffte. Sie wollte alle Narben auf ihrem Mädchenkörper zählen. Sie ging die Treppe zu ihrem Schlafzimmer hoch und vergaß die schmutzige Kleidung im Flur. Sie holte ihr Tagebuch aus der kleinen Kommodenschublade heraus und blätterte es durch. Sie trug in ihr Tagebuch auf einer leeren Seite die Anzahl der Narben ein, die sie gezählt hatte, und verglich mit den früheren Eintragungen. So war sie sich sicher, dass die Narben nicht heilten und sich vermehrten.

Auf drei Seiten schrieb Paloma über die Gefühle, die sie niemals erleben durfte, und den Schreck an diesem Tag.

Agneta kam an diesem Abend erst um neun wieder heim und schrie wie gewöhnlich im Wohnzimmer herum, damit man erfuhr, dass sie wieder zu Hause war. Ihre Stimme übertönte einen Swing, der aus den Radio kam. Offensichtlich hatte niemand von der Polizei sie ausfindig gemacht. Die Geräte wurden umgeschaltet und nachdem das Radio zum Schweigen gebracht worden war, hörte Paloma, wie die Kanäle des Fernsehers wechselten.

Als keiner antwortete, ging Agneta erst zu ihrem Schlafzimmer und fand niemanden. Dann ging sie zum Schlafzimmer gegenüber und traf auf eine immer noch nackte Paloma vor dem Spiegel in ihrem Zimmer.

„Du wirst nicht besser aussehen, wenn du eine Erkältung bekommst." Agneta lachte über einen Witz, dessen Pointe scheinbar nur sie kannte. Agneta trug ein hellblaues Nylonkleid, dass so durchsichtig war, dass man ihre schlecht sitzende rote Unterwäsche kaum übersehen konnte. Offensichtlich war sie einkaufen gewesen und hatte sich irgendwo umgezogen. Der weiße Overall, so konnte Paloma vermuten, war entweder zerrissen oder nicht mehr so weiß. Agnetas Brüste waren wie in ein Dirndl gepresst und drohten aus dem weiten Ausschnitt zu springen.

„Warum bist du da nackt, Mädchen?" Agneta grollte gerne zu Hause, da ihr Arbeitstag so viel Selbstbeherrschung verlangte, dass sie irgendwo ihre schlechte Laune loslassen musste.

Doch Paloma schien noch im Traum zu wandern.

„Wo ist dein Vater?"

„Ich muss baden." Paloma verhüllte ihren Körper mit einem Tuch, als sie plötzlich mitbekam, dass sich ihre Mutter an der Tür befand.

Eine Stunde später kam Paloma aus dem Bad. Sie ging zu ihrem Zimmer und suchte zum ersten Mal Kleider zusammen, die ihr verzerrtes Aussehen bedecken sollten.

Als sie ihrer Vorstellung nach besser aussah, ging sie die Treppe hinunter und fand eine auf dem Sofa schlafende Agneta, die fast eine ganze Flasche französischen Bordeaux ausgeleert hatte. Im Fernseher lief eine amerikanische Soap mit nachgestelltem Gelächter, das weniger lustig klang, als der Regisseur beabsichtigte.

Sie schüttelte Agneta heftig.

„Vater ist heute Nachmittag gestorben."

Agneta schien dies nicht gehört zu haben und Paloma wiederholte, diesmal aber lauter.

„Vater ist gestorben."

„Oh." Es folgte eine Pause und Agneta überlegte und schaltete das Fernsehen ab.

„Gut, Liebes. Gehe ins Bett, wir müssen morgen darüber reden. Heute können wir nichts mehr machen."

Ein gutturales Lachen von Agneta folgte und sie ging zum Schlafzimmer hinauf.

Paloma war zu jung, um ihre Emotionen zu verarbeiten, und konnte in dieser Nacht nicht schlafen, aber sie suchte nach den passenden Worten für ihr Tagebuch, bevor sie sich dann entschied. Paloma schrieb immer mehrmals den Text und nach mehrfacher Überprüfung übertrug sie ihn dann mit dem Kugelschreiber auf die Seiten des Tagebuchs.

Die kurzen Jahre, in denen Paloma mit einer kompletten Familie lebte, waren auch von den Jähzornanfällen Agnetas überschattet. Sie erinnerte sich in späteren Jahren immer liebevoll an ihr Vater. Er hatte sie oft liebevoll in Schutz genommen und versucht, den brutalen Wutanfällen Agnetas aus dem Weg zu gehen.

Palomas Vater hatte viele Freunde, aber nach seinem Begräbnis sind diese irgendwie verschwunden. Es schien so zu sein, dass alle nicht mit Agneta zurechtkamen und andere sie sehr missbilligten. Agneta hatte danach Probleme gehabt, neue Kunden zu bekommen. Das wiederum machte Agneta wegen ihrer Zornausbrüche für Paloma umso gefährlicher.

Einige Jahre danach öffnete Paloma ihr Tagebuch und sah eine Seite, die sie mit vierzehn Jahren geschrieben hatte. Auf dieser Seite mit siebzehn Zeilen beschrieb sie in sechszehn Zeilen einen Ausbruch ihrer Mutter. Auf die letzte Zeile hatte sie geschrieben: „Vater, ich vermisse Dich.“

In den nachfolgenden Jahren sprach Paloma selten mit ihrer Mutter, meistens befolgte sie die Befehle und ließ sich erniedrigen. Doch nach außen lernte sie, sich eine neue Realität zu schaffen und wiederholte die Geschichte, wenn man sie fragte, jedes Mal wieder fehlerfrei.

In den Jahren, bevor sie aus dem Haus auszog, bekam sie es noch mehrmals mit dem Zorn Agnetas zu tun. Sie resignierte und schrieb in ihr Tagebuch eine Seite pro Misshandlung, die sie erlebt hatte.

Während Paloma diesen letzten Durchgang durch ihr Tagebuch machte, beobachtete sie ihre Mutter auf dem Krankenbett, ihre Augen unter die Augenlidern waren diesmal starr und auch die pelzigen Hände fühlten sich an diesem Tag noch weniger nah an.

„Wir waren kein gutes Team und trotzdem haben wir es bis hierhin zusammen geschafft.“

Paloma hielt die Hand ihrer Mutter noch fester, aber sie fand leider nicht das Gefühl, das sie so sehr suchte.

Traurig und zum Teil auch enttäuscht packte sie ihr Tagebuch in ihre Tasche und zog ihren Mantel an.

Es war vielleicht der letzte Tag, an dem sie und ihre Mutter etwas Zeit miteinander verbringen würden. Sie hatte sich viele Jahren auf diesen letzten Tag vorbereitet und nun war er da.

In zwei Tagen war der Termin mit Doktor Metzger und die Maschinen ihrer Mutter sollten dann ausgeschaltet werden.

Sie wollte ein letztes Mal alle diese Erinnerungen durchlesen und hoffte, sie würde sie dann alle in die Vergessenheit verbannen können.

Sie verabschiedete sich von ihrer Mutter, wieder mit einem Kuss. Noch einen Fleck, der von der Krankenschwester bestimmt entfernt werden würde. Das Lesen des Tagebuches hatte nicht gerade dazu beigetragen, dass sie die Gedanken an diesen Tag hätte ausblenden können, eher das Gegenteil war der Fall.

Sie zog ihren Mantel an und verließ das Zimmer.

Paloma kam am Schalter vorbei und verabschiedete sich von Hannah, die gerade einige Akten pflegte.

„Ich danke dir, Hannah. Ich bin überzeugt, es ist die beste Entscheidung für alle, die Geräte auszuschalten." Hannah hörte diese Worte, noch hatte sie ihren Kopf gesenkt und versuchte, den Vorgang nicht aus den Augen zu verlieren. Sie notierte einige Zahlen mit Bleistift und dann wendete sie sich Paloma zu.

„Ich habe alles vorbereitet und solltest du irgendetwas benötigen oder wünschen, du weißt, ich bin für dich da." Hannah sah Palomas glasige Augen an und erinnerte sich an die Bemerkung einer Kollegin zu diesem Glanz. Dabei dachte sie, dass Paloma vielleicht etwas geweint hatte und es nun peinlich fände. Professionelle Frauen vermeiden es, ihre Gefühle zu zeigen. Das wusste Hannah nur zu gut. Das einzige Wesen, das ihre wahren Gefühle kannte, war Anatole und so tat sie so, als hätte sie diesen Glanz gar nicht bemerkt.

Nachdem Paloma das Krankenhaus verlassen hatte, ging Hannah zu Agneta. Sie entfernte die Lippenstiftflecken mit einem feuchten Tuch. Sie war bereits mit diesen Flecken vertraut und fand sogar Gefallen daran, sie zu sehen.

Das Mädchen und der Tod

Das Glöcklein im Flur läutete zwei Tage danach. Der Flur war an diesem grauen Tag noch weniger belebt als sonst. Auch die anderen zwei Kolleginnen waren wieder nicht zu sehen. Gespenstisch, dachte Hannah. Doktor Metzger sollte bald eintreffen. Hannah schaute auf die Uhr und ließ ihn rufen.

Wie erwartet trat Paloma pünktlich aus dem Aufzug heraus, perfekt gekleidet. Dunkles Anthrazit mit lila Details waren die Farben ihrer Kombination von Hose und Jacke, dazu ein kleiner Haarschmuck, der wie eine schwarze Blume aussah. Zum ersten Mal dachte Hannah nach all diesen Jahren, dass sie eigentlich immer nur die Kleider von Paloma sah, aber das Mädchen darunter war nicht zu erkennen. Wie viel sie von Paloma je gesehen hatte, wusste Hannah nicht.

„Hallo Hannah." Palomas Herzlichkeit war erstaunlich unter diesen Umständen, aber nach so vielen Jahren war es verständlich, wenn man sich endlich von dieser Belastung trennen will, dachte Hannah.

„Paloma. Hier sind einige Papiere, die du bitte unterschreiben musst." Hannah hatte bereits alles organisiert und legte Paloma die Mappe vor. Paloma unterschrieb schnell und knöpfte ihren Mantel auf.

Paloma und Hannah traten in Agnetas Zimmer ein und wie immer nahm Paloma auf demselben Stuhl Platz und wieder holte sie das Tagebuch aus ihrer Tasche heraus.

„Du bist immer noch entschlossen, nicht aufzuwachen, nicht wahr, Gitty?"

Hannah fühlte sich etwas unwohl angesichts solcher emotionaler Momente.

„Ich lasse dir etwas Zeit, wenn es recht ist. Ich suche nach Doktor Metzger. Darf ich dich allein lassen?" Hannah zeigte sich liebevoll und unterdrückte ihre eigenen Gefühle.

Hannah war in solchen Momenten immer den Tränen nah, und bei einem so liebevollen Mädchen, wie es Paloma war, war es für sie noch schwerer.

Paloma schlug ihr Tagebuch auf. Die Erniedrigungen, die sie erlitten hatte, hatten ihr eine starke Depression beschert, die sie ihr Leben lang begleitete. Für den Tag, an dem sie sich zum letzten Mal mit ihrer Mutter gestritten hatte, hinterließ sie eine leere Seite in ihrem Tagebuch.

Doktor Metzger kam ins Zimmer herein und begrüßte Paloma förmlich wie immer. Hannah stellte sich zu den Geräten auf der anderen Seite des Bettes und Doktor Metzger richtete sein Stethoskop, um Agnetas Herz abzuhören. Er nickte Hannah zu.

Knopf um Knopf wurden die Geräte ausgeschaltet. Beatmungsschlauch und andere Geräte wurden fachmännisch entfernt. Schrittweise wurde die Frau unter diesem Haufen Maschinerie sichtbar. Der Geruch von Desinfektionsmittel war stärker als sonst wahrzunehmen. Eine der Krankenschwestern kam wie auf Befehl ins Zimmer herein und nahm schnell die Hilfsmittel weg und Doktor Metzger überprüfte, ob der Herzschlag noch zu hören war. Es dauerte fast zehn Minuten, bis Doktor Metzger nickte und die Todeszeit auf einem Krankenblatt eintrug.

Wie erwartet, verabschiedete sich Agneta für immer.

Anders als erwartet waren von Paloma keine Tränen zu sehen. Trauer schien etwas zu sein, was Anwälte nicht spüren. Hannah fühlte sich etwas ratlos bei Menschen, die ihre Gefühle so gut beherrschen. Sie dachte dabei, wie glücklich sie sich fühlte, einen Beruf zu haben, in dem sie manchmal doch etwas Gefühl zeigen durfte.

„Ich würde mich gerne allein von meiner Mutter verabschieden." Diese tonlose Bemerkung Palomas war erwartet worden und alle räumten ihre Sachen weg und verließen das Zimmer.

„Bitte komm danach zu mir, Paloma", sagte Hannah teilnahmsvoll.

Paloma nickte und saß auf ihrem Stuhl und machte ihr Tagebuch auf und las ein letztes Mal daraus, so wie sie es an jedem Tag der vergangenen acht Jahre getan hatte.

Bei der letzten Eintragung ging es um den Tag, an dem ihre Mutter krank wurde. Paloma war damals verzweifelt und konnte den Druck ihrer Mutter nicht mehr aushalten.

Sie überlegte, in anderen Kanzleien zu arbeiten oder einen anderen Beruf zu wählen.

Sie arbeitete an jenem Tag als Assistentin in der Kanzlei ihrer Mutter und ertrug täglich die verbalen Attacken ohne ein Widerwort.

Erniedrigungen und Nervenkrieg erfüllten den Tag. Doch sie konnte sich von ihrer Mutter nicht trennen. Eine Frage nagte seit Jahren in ihrem Kopf. War ihre Mutter für den Tod ihres Vaters verantwortlich?

Diese Frage konnte sie niemals beantworten. In ihrer Verzweiflung wollte sie sich sogar das Leben nehmen. Sie besorgte alle Mittel für einen sicheren Tod und schrieb einen Abschiedsbrief. Sie schenkte sich das Gift in einen Kräutertee ein und dachte, für das Leben, was sie bisher verbracht hatte, hatte sie wenigstens einen süßen Abschied verdient.

Sie wollte, dass ihre Mutter ihren toten Körper in der Kanzlei finden und begreifen würde, dass sie ihr Leben wie auch das Leben ihres Vater gestohlen hatte.

Alles war vorbereitet, und sie wollte gerade, bevor sie den tödlichen Cocktail einnehmen würde, den Abschiedsbrief aus ihrer Tasche holen.

Aber plötzlich wurde ihr Plan durch eine wütende Furie zunichte gemacht, die durch eine weit geöffnete Tür ins Büro eintrat. Agneta kam selten normal herein. Für die war es normal, mit einem großen Auftritt hereinzuplatzen. Egal ob im Büro, zu Hause oder im Gerichtssaal.

„Du hast wieder meine Mappe nicht in meinen Koffer gepackt! Ich stand absolut dumm da und musste schnell hierher, weil sonst, wie sollte ich meinen Mandanten verteidigen?" Die Frage verlangte nicht nach einer Antwort.

Agneta trug an jenem Tag ein Kostüm aus schottischem Tweed, das sie auf einer ihrer Reisen gekauft hatte. Ihre Körperformen waren nicht mehr so weiblich, wie sie es einmal waren, und ihr Busen wurde jetzt von einem Stütz-BH ohne Träger kaschiert. Die Haare waren elegant zu einer runden Frisur geformt und ihr entschlossener Gang war noch immer so markant wie weiblich.

„Welche Mappe? Du hast keinen Termin heute Nachmit-tag", verteidigte sich Paloma.

„Egal. Der Geschäftsführer des Versandhauses hat mich zum Kaffee bei Leipold eingeladen und ich gehe wieder hin, aber nicht ohne meine Mappe." Agneta zog den seidenen Schal aus und warf ihn an einen Haken des Kleiderständers im Kanzleiflur.

Logik war keine Voraussetzung für den Beruf und ihr Man-gel war für Agneta auch kein Problem.

Paloma holte die besagte Mappe aus dem Aktenschrank und legte sie in Agnetas Aktenkoffer. Paloma war gewohnt, sich selbst um alle Details zu kümmern. Sie wusste, dass ihre Mutter ungern kleine Arbeiten übernahm.

Es war wie damals, als sie ein Mädchen gewesen war und einen blöden Schlüssel als Dekor für ihr Schloss benutzt hatte.

Die Ohrfeige wehrte Paloma mit ihrer kleinen, aber kräftigen linken Hand ab. Beide schauten sich tief in den Augen.

„Ich suche deine Unterlagen und eventuell verzichtest du für eine Weile auf Alkohol, dann verlierst du nicht ständig deine Sachen oder bringst die Termine durcheinander." Palomas Augen funkelten wie Blitze in dunkelster Nacht. Zum ersten Mal empfand Agneta etwas Angst und sie erkannte, dass sie zu weit gegangen war.

„Wie redest du mit mir?"

„Ich rede nicht mit dir. Ich zeige dir, dass du mich nicht mehr so behandeln kannst!"

„Ich tue das nur, weil du mich aus der Fassung bringst. Wenn es dir nicht passt, kannst du auch kündigen und woanders hingehen." Agneta war zu stolz, dass sie je zugeben würde, voll von Paloma abhängig geworden zu sein.

Die Kanzlei war staubig und die vormals weißen Wände waren seit Jahren vergilbt. Die eingerahmten Fotos zeigten einen Schatten hinter sich, auf dem die alte Farbe noch zu sehen war.

Auch der Teppich war völlig aus der Mode gekommen und trotz der wöchentlichen Reinigungsvorgänge miefte er zu sehr nach Straßenschmutz, Schimmel und Seife.

Agneta war fassungslos und sah in diesem Szenario wie eine Ballerina mit Schlammfüßen aus. Zum ersten Mal in ihrem Leben war Paloma nicht ängstlich. Offensichtlich fühlte sie sich, als hätte sie nichts mehr zu verlieren.

Agneta, die in diesem Moment keine Worte des Protests fand, ging wortlos in ihr Büro hinein. Dort sah sie eine Tasse Tee auf dem Tisch und nahm an, ihre Tochter wolle sich damit entschuldigen. Ihr Stolz zwang sie, die Entschuldigung nicht so hinzunehmen. So knallte sie die Tür zu.

Paloma, deren Pläne durchkreuzt waren, rang um Fassung und Mut, um sich von ihrer Mutter ein für alle Mal zu verabschieden. Sie wusste, dass sie nicht weiter miteinander arbeiten könnten. Als sie ins Zimmer ihrer Mutter hineinkam, lag Agneta bereits gelähmt am Boden.

Schicksalsfügung oder einfach Agnetas Pech – damit hatte sich Palomas Problem erledigt.

Paloma sah die Menge Tee mit dem Gift, die Agneta getrunken hatte und es war ihr bewusst, dass dies nicht zum Sterben ausreichen würde.

Paloma dachte eine Weile lang nach und schaute durch das Fenster von der Kanzlei zum Park und sah den sonnigen Tag, der draußen noch zu genießen war. So entschied sie sich für einen Spaziergang und einen Eiskaffee.

Sie ging durch die Sonnenstraße bis zum Stachus und genoss die Sonnenstrahlen auf ihrem Gesicht. Die Glocken der Trambahn schellten und warnten unaufmerksame Fußgänger, während Tauben den Boden nach Essbarem absuchten. Paloma fühlte sich zum ersten Mal befreit und überlegte sich, wie ihr Leben von da an weitergehen könnte.

Sie kam zum Café Luitpold und orderte einen Eiskaffee, wie sie es sich vorgenommen hatte.

Zwei Stunden später kam sie wieder ins Büro und dort lag Agneta immer noch an derselben Stelle. Erbrochenes rann aus ihrem Mund und dem Geruch nach zu urteilen musste sie auch ihre Unterwäsche wechseln.

Paloma ging zum Telefon und zum ersten Mal seit Jahren lachte sie leise.

„Notruf? Meine Mutter hat einen Selbstmordversuch unternommen."

Die Stunden danach saß sie in ihrem Büro und trug die letzten Wörter in ihr Tagebuch ein. Ein Blick auf den goldenen Taschenspiegel mit Barockmuster zeigte ihr, dass sich eine letzte Narbe auf ihrer Wange gebildet hatte.

Abschied

Paloma war auf der letzten Seite ihrer Erinnerungen in ihrem Tagebuch angekommen und sie wusste, ab hier konnte sie alleine weiterleben.

Sie stand auf und zog ihren Mantel an. Es war der letzte Besuch bei Agneta und sie musste sich jetzt für den letzten Abschied vorbereiten.

Sie machte die Tür auf und warf das Tagebuch in den Papierkorb. Ihren Augen nach zu urteilen waren ihre Gedanken leer.

Hannah stand auf und stolperte über eine ihrer Assistentinnen.

„Paloma, ist alles in Ordnung?"

„Klar. Das Leben muss weitergehen."

Der Bestatter war bereits bestellt. Palomas Assistentin war sehr akkurat und hatte bereits für alle Möglichkeiten vorgesorgt.

Hannah wollte kurz eine Geste des Mitgefühls zeigen, indem sie Palomas linke Schulter anfasste. Doch Paloma erschrak so heftig, dass Hannah selbst Herzrasen bekam. Es war ihr klar, dass Paloma keine körperlichen Annäherungen mochte.

„Tut mir leid, meine Liebe, ich wollte Sie nicht erschrecken."

„Ich selbst bin erschrocken, tut mir leid." Eine kurze und fast geübte Andeutung eines Lächelns kam über Palomas Lippen, um gleich danach wieder zu verschwinden.

„Ich kümmere mich um die internen Angelegenheiten und die Überweisung an den Bestatter."

„Danke, Hannah. Danke für alles, was du bisher getan hast."

Es war ein kurzer und zarter Abschied. Hannah war leicht ergriffen. Sie ging zu Agnetas Leichnam und bereitete alles zur Abholung durch den Bestatter vor.

Alle Geräte wurden abgeholt und allein blieben nur die Überreste unter einem weißen Tuch. Der Bestatter kam mit einer Aushilfe und einer eigenen Bahre herein und kommentarlos holten sie ihre Klientin ab.

Hannah machte einen letzten Durchgang, bevor sie das Putzpersonal hineinbeorderte. Da sah sie im Papierkorb neben der Zimmertür ein Büchlein, das ihr bekannt vorkam.

Ein Hoch

Hannah war keine Klatschbase, aber wenn etwas besonders interessant war, konnte sie sich nicht verkneifen, ihre neugierigen Augen darauf zu werfen.

So nahm sie Palomas Tagebuch zu sich nach Hause. Sie freute sich, die ganze Angelegenheit noch vor ihrem Urlaub erledigt zu haben, und wollte bereits am Abend ihre Koffer packen und Anatole für das Tierhotel am nächsten Tag vorbereiten. Sie musste ihn noch vor neun Uhr abgeben haben, da sie bereits für fünfzehn Uhr ein Taxi zum Flughafen bestellt hatte.

Einen Patienten zu verlieren, ist anstrengend und sie würde ein Bad brauchen, dachte sie im Bus der Linie 58 auf dem Weg nach Hause.

Sie machte ihre Tasche auf und las die ersten Seiten des Taschenbuchs, konnte jedoch die Handschrift nicht ganz entziffern. Palomas Handschrift war nicht so elegant wie Paloma selbst.

Als Hannah zu Hause ankam, klagte Anatole bereits, dass sein Fressnapf sehr lang leer gestanden hatte. Hannah versorgte ihren aufdringlichen Kater und legte sich kurz auf die Couch im Wohnzimmer. Sie wollte unbedingt die Geschichten von Paloma weiterlesen, doch ihre Strümpfe machten ihr Schwierigkeiten, so dass sie sich zuerst um-ziehen wollte. Sie kam eine Stunde später wieder ins Wohnzimmer, mit einem Teller in der Hand, auf dem ein Omelett und zwei getoasteten Brotscheiben lagen.

Endlich war sie dann bereit, das Büchlein zu lesen.

Erst ging sie oberflächlich über die beschriebenen Seiten hinweg, doch dann nahm sie den Text richtig wahr. Sie blätterte zurück und las nochmals ungläubig.

Sie legte das Buch kurz beiseite und überlegte, ob es wirklich derselben Paloma gehörte, die sie kannte.

Ihr war etwas unwohl und sie konnte den Geruch des Omeletts nicht mehr ertragen. Deswegen brachte sie das Essen in die Küche und legte das schmutzige Geschirr und das Besteck in die kleine Spülmaschine.

Als sie wieder ins Wohnzimmer kam, schellte die Türklingel. Sie erwartete niemanden, daher war sie etwas ratlos.

Sie zog einen Bademantel an und schlüpfte mit ihren Füßen in ihre Hausschuhe.

Dann öffnete sie vorsichtig die Tür und begrüßte überrascht ihre Besucherin.

„Ich vergaß mein Tagebuch im Krankenhaus und dachte, du hättest es bestimmt nicht herumliegen lassen, oder?" Palomas Lächeln war natürlich und bewegte sich im Takt zu ihren Händen, die eine Metalldose hielten.

„Oh ja!" Hannah blickte verwirrt zu Paloma und instinktiv zum Tagebuch auf dem Beistelltisch, wohin Palomas Augen den ihren folgten, und versuchte die Peinlichkeit ihrer Schnüffelei zu überspielen.

„Komm bitte rein, ja, das dachte ich mir. Als ich das im Papierkorb sah …"

„Bitte, du muss nichts erklären, es ist nur eine Kindheitserinnerung und ich wollte mich für deine Diskretion bedanken."

Hannah bot ihr einen Platz im Ledersessel an und scheuchte Anatole daraus fort.

„Ich bin nur kurz vorbeigekommen. Magst du Tee? Mein Vater liebte Kräutertees und ich habe eine eigene Mischung, die absolut exquisit ist."

Hannah wäre lieber auf die Knie gesunken und hätte sich für ihre Neugier entschuldigt, aber sie spielte doch mit.

„Ach ja. Toll. Ich setze Wasser auf."

„Ja, liebe Hannah. Ich würde sagen, ein Hoch auf ein neues Leben."

Weitere Veröffentlichungen des Autors

Deutsche Romane

Altreia, Drama, 1998

Geheimnis der verdorrten Rosen, Mystery, 2009 Reimo Verlag*

Virtuelle Liebe, Kurzroman, Thriller, 2016 *

Paloma, Kurzroman, Thriller, 2016 *

Die Muse, Kurzroman, Erzählung, 2016 *

Post-mortem Kino, Roman, Drama, 2016 *

Die Heilerin – das Licht, Roman, Thriller, 2017 *

Geheimnis der verdorrten Rosen, Mystery, 2017 (neue Version)*

Der Zauberspiegel des Eros, Roman, Thriller, 2017 *

Das Tal, Roman, Thriller, 2017 *

Jahreszeiten der Sünde, Roman, Thriller, 2018 *

Sein letztes Opfer, Roman, 2020 *

Wieland, der Schmied, Volksheldensage, 2020 *

Hildegundes Sage, Volksheldensage, 2020 *

Die Heilerin – das Dunkel, Roman, Thriller, 2021 *

König Rother, 2021 *

Englische Romane

Virtual Affairs, 2018 *

Paloma, 2019 *

Earl Rasnov's Bloody Soiree, 2019 *

Deutsche Hörspiele und Comics

Madame Marouschkas letzter Auftritt, 2021

Roberta, 2020

Die Muse, 2019

Paloma, 2018

Virtuelle Liebe, 2017

Kunstkataloge

    Geliebter Vater, 1995 *

    The new Artist, 1996 und 1997

    Liebe in Stücken, 2009 *

    Kunstkatalog, 2010

    Liebe in Stücken, Edition II, 2016 *

    Kunstkatalog, 2017 *

    Kunstkatalog, 2018 *

    Kunstkatalog, 2019 *

    Kunstkatalog, 2020, *the man inside**

(*) Gelistet in der Deutschen Nationalbibliothek